호랑이와 토끼, 두꺼비가 함께 떡을 만들었어요.
그런데 호랑이는 혼자 다 먹으려고 해요.
떡 먹기 내기에서 과연 누가 이길까요?

추천 감수_ 서대석
서울대학교와 동 대학원에서 구비문학을 전공하고 문학박사 학위를 받았습니다. 한국 구비문학회 회장과 한국고전문학회 회장을 지냈으며, 1984년부터 지금까지 서울대학교 인문대학 국어국문학과 교수로 재직 중입니다. 〈한국구비문학대계〉 1-2, 2-2, 2-6, 2-7, 4-3 등 5권을 펴냈으며, 쓴 책으로 〈구비문학 개설〉, 〈전통 구비문학과 근대 공연예술〉, 〈한국의 신화〉, 〈군담소설의 구조와 배경〉 등이 있습니다.

추천 감수_ 임치균
서울대학교 대학원에서 고전소설 연구로 문학박사 학위를 받고 현재 한국학중앙연구원 한국학대학원 어문예술계열 교수로 재직 중입니다. 한국학중앙연구원에서 문헌과 해석 운영위원으로 활동하고 있으며, 고전소설의 대중화 방안을 연구하여 일반인들에게 널리 알리는 일에 앞장서고 있습니다. 쓴 책으로 〈조선조 대장편소설 연구〉, 〈한국 고전소설의 세계〉(공저), 〈검은 바람〉 등이 있습니다.

추천 감수_ 김기형
고려대학교와 동 대학원에서 구비문학을 전공하고 문학박사 학위를 받았습니다. 현재 고려대학교 문과대학 국어국문학과 부교수로 판소리를 비롯한 우리 문학을 계승 발전시키기 위해 노력하고 있습니다. 쓴 책으로 〈적벽가 연구〉, 〈수궁가 연구〉, 〈강도근 5가 전집〉, 〈한국의 판소리 문화〉, 〈한국 구비문학의 이해〉(공저) 등이 있습니다.

추천 감수_ 김병규
대구교육대학을 졸업하고 한국일보 신춘문예에 동화가, 중앙일보 신춘문예에 희곡이 당선되면서 작품 활동을 시작했습니다. 대한민국문학상, 소천아동문학상, 해강아동문학상 등을 수상했으며, 현재 소년한국일보 편집국장으로 재직 중입니다. 쓴 책으로 〈나무는 왜 겨울에 옷을 벗는가〉, 〈푸렁별에서 온 손님〉, 〈그림 속의 파란 단추〉 등이 있습니다.

추천 감수_ 배익천
경북 영양에서 태어났습니다. 1974년 한국일보 신춘문예에 동화가 당선되었고, 〈마음을 찍는 발자국〉, 〈눈사람의 휘파람〉, 〈냉이꽃〉, 〈은빛 날개의 가슴〉 등의 동화집을 펴냈습니다. 한국아동문학상, 대한민국문학상, 세종아동문학상 등을 받았으며, 현재 부산 MBC에서 발행하는 〈어린이문예〉 편집주간으로 일하고 있습니다.

글_ 정제광
단국대학교 국어국문과를 졸업하고 2000년 MBC창작동화대상을 수상하면서 동화작가로 문단에 나왔습니다. 쓴 책으로 〈문득씨와 친구〉, 〈바투바투 인물 이야기〉 등이 있고, 엮은 책으로 〈삼국지〉, 〈타임머신〉 등이 있습니다.

그림_ 황유리
숙명여자대학교에서 산업디자인을 공부하고 동 대학원을 졸업했습니다. 한겨레 일러스트레이션 학교에서 그림책을 공부하였으며, 현재 프리랜스 일러스트레이터로 활동하고 있습니다. 쓰고 그린 책으로 〈엄마 옷이 더 예뻐〉 등이 있습니다.

소년한국
우수어린이
도서수상

〈말랑말랑 우리전래동화〉는 소년한국일보사가 국내 최고의 도서 제품을 선정하여 주는 **우수어린이 도서**를 여러 출판사의 많은 후보작과의 치열한 경쟁을 뚫고 수상하였습니다.

말랑말랑 우리전래동화 **47** 웃음과 풍자
굴러가는 떡 먹기

발 행 인 박희철
발 행 처 한국헤밍웨이
출판등록 제406-2013-000056호
주   소 경기도 성남시 분당구 금곡동 444-148
대표전화 031-715-7722
팩   스 031-786-1100
편   집 이영혜, 이승희, 최부옥, 김지균, 송정호
디 자 인 조수진, 우지영, 성지현, 선우소연
사진제공 이미지클릭, 연합포토, 중앙포토

굴러가는 떡 먹기

글 정제광 그림 황유리

한국헤밍웨이

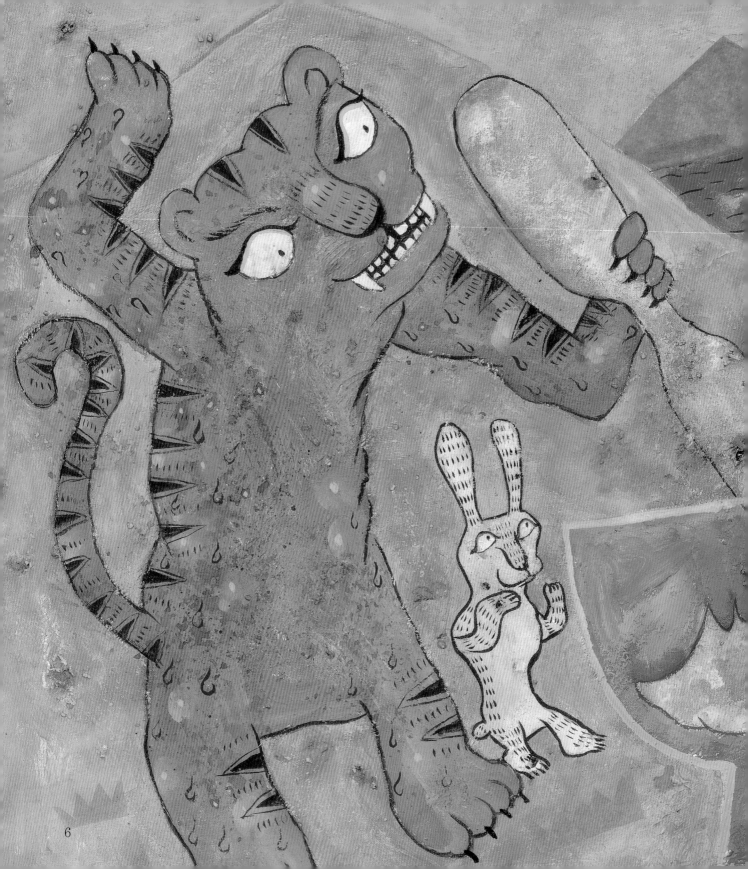

멀고 먼 옛날, 호랑이가 담배 피우던 시절,
호랑이와 토끼, 두꺼비 셋이 모여
맛있는 떡을 쪄 먹기로 했지.
토끼가 낑낑대며 찹쌀을 이고 오자,
힘센 호랑이가 쿵덕쿵덕 절구질을 했어.

이윽고 김이 모락모락 나는 떡이 만들어졌어.
호랑이는 은근슬쩍 욕심이 생겼지.
'혼자 다 먹어도 모자랄 텐데…….'
마침 호랑이에게 좋은 꾀가 떠올랐어.
"애들아, 찬물도 위아래가 있다고 하잖아.
나이가 가장 많은 어른이 이 떡을 먹기로 할까?"

9

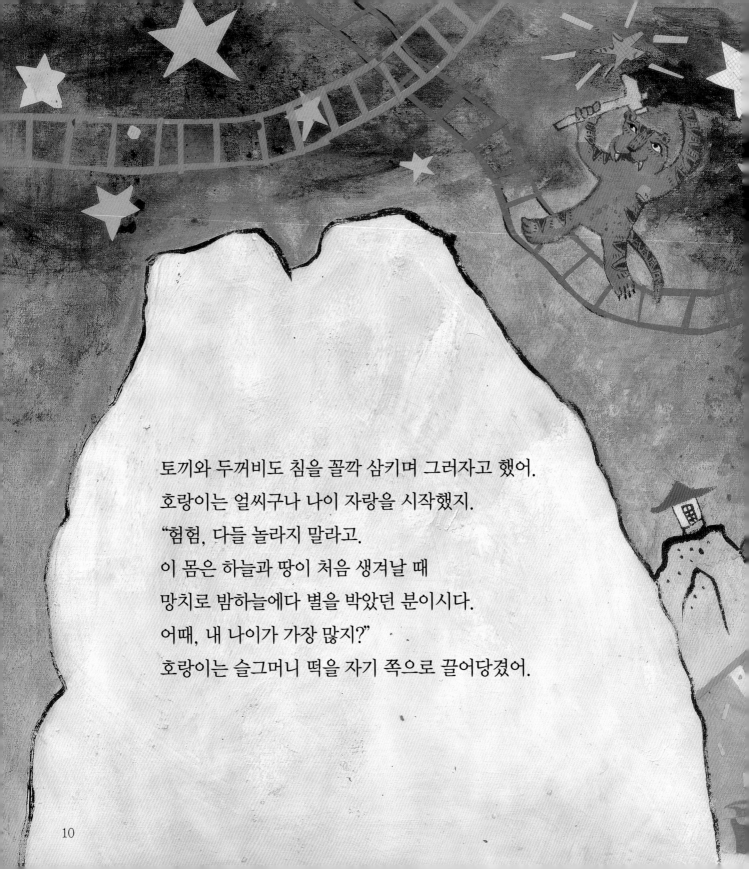

토끼와 두꺼비도 침을 꼴깍 삼키며 그러자고 했어.
호랑이는 얼씨구나 나이 자랑을 시작했지.
"험험, 다들 놀라지 말라고.
이 몸은 하늘과 땅이 처음 생겨날 때
망치로 밤하늘에다 별을 박았던 분이시다.
어때, 내 나이가 가장 많지?"
호랑이는 슬그머니 떡을 자기 쪽으로 끌어당겼어.

그때 토끼가 떡 그릇을 가로채며 말했어.
"에그, 나이도 어린 녀석이
예의라고는 눈곱만큼도 없구나.
내가 애써 심어 놓은 나무를 잘라서
망치 자루를 만들어 놓고……."
토끼는 떡을 집어서 입 속에 넣으려 했지.

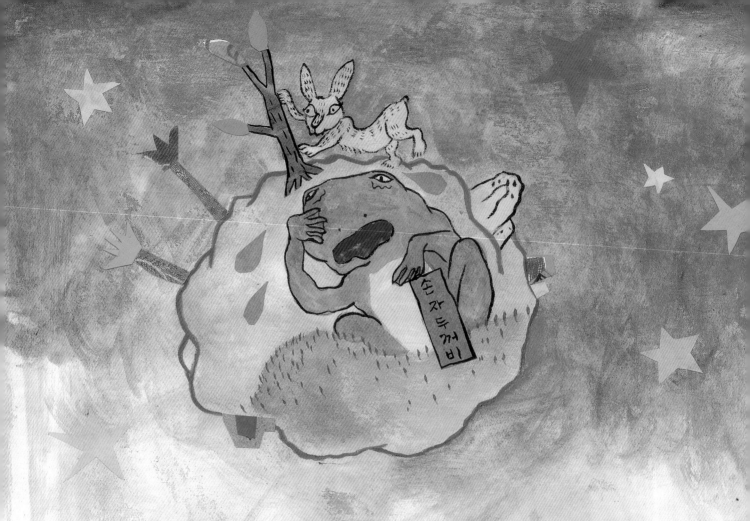

아, 그런데 두꺼비가 훌쩍훌쩍 우는 거야.
토끼가 떡을 먹으려다 말고 물었지.
"두껍아, 두껍아, 왜 우는 거야?"
"네 말을 들으니 죽은 손자 생각이 나서 그래.
네가 나무 심을 때 내 손자는 망치를 만들었어.
그 망치로 별을 박다가 떨어져서 그만……. 흑흑!"
듣고 보니 두꺼비의 나이가 제일 많아.

15

호랑이는 떡을 빼앗기게 되자,
내기를 한 번 더 하자고 박박 우겼어.
"나이 자랑은 그만두고 강을 먼저
건너갔다 오는 쪽이 떡을 먹기로 하자.
모름지기 힘세고 빠른 게 최고라고!"
토끼도 얼른 그러자고 했어.
두꺼비만 시큰둥한 표정을 지었지.

호랑이와 토끼는 두꺼비가 대답하기도 전에
풍덩 강물 속으로 뛰어들었어.
두꺼비는 그 순간 얼른 호랑이 꼬리를 붙잡았지.
호랑이는 그것도 모르고 첨벙첨벙
잘도 헤엄쳐 나갔어.
토끼도 질세라 그 뒤를 따랐지.

19

호랑이가 강둑에 다다르기가 무섭게
두꺼비는 호랑이 등에서 펄쩍 뛰어
강둑에 내려앉았어.
그러고는 옆에 있던
짚신 위로 냉큼 올라갔단다.

뒤따라온 토끼가 숨을 쌕쌕거리며 물었어.
"이상하다. 두꺼비가 안 보이네?"
호랑이가 헉헉거리며 대답했지.
"두꺼비가 오려면 며칠은 기다려야 할 거야.
이제 내가 떡을 먹어도 되겠지?"
그때 뒤에서 두꺼비가 호랑이와 토끼를 불렀어.
"애들아, 이제 건너왔니? 난 아까 와서
너희들을 기다리며 짚신을 삼고 있었어."
이번에도 떡은 두꺼비 차지가 되게 생겼네.

22

호랑이는 약이 바짝 올라서 또 억지를 부렸어.
"내기는 세 번은 해야 하는 거야.
이번엔 떡을 굴려서 먼저 붙잡으면 먹기로 하자."
떼쓰기 내기를 했으면 아마 호랑이가 이겼을 거야.
셋은 산꼭대기로 올라가 떡을 굴렸어.
"자, 굴러간다!"
호랑이와 토끼는 쏜살같이 산 아래로 내달렸지.

그런데 이를 어째?
데굴데굴 굴러가던 떡이 그만
나뭇가지에 턱 걸리고 말았네.
호랑이와 토끼는 앞서거니 뒤서거니
내달리느라 떡이 걸린 것도 몰랐어.

떡을 차지한 것은 이번에도 두꺼비였어.
엉금엉금 기어 내려오던 두꺼비가 떡을 본 거야.
"어! 이게 웬 떡이냐!"
두꺼비는 그 자리에 앉아서
우적우적 떡을 먹기 시작했어.
'떡 한번 쫄깃쫄깃하다.'

두꺼비는 떡을 얼마나 많이 먹었던지
눈알이 툭 튀어나오고 배가 불룩 솟아올랐어.
목구멍까지 떡이 꽉 차서 더는 먹을 수가 없었어.
"남은 건 토끼랑 호랑이한테 갖다 줘야지."
두꺼비는 남은 떡을 덕지덕지 등에 붙이고
산 밑으로 내려갔어.

토끼랑 호랑이는 산 아래에서 떡을 기다렸어.
배부른 두꺼비가 가다 쉬다 가다 쉬다
사흘 걸려 내려왔더니 아직도 기다리고 있네.
사흘 내내 토끼는 '떡이 굴러오나?' 귀를 쫑긋,
호랑이는 화가 나서 울근불근!
토끼 귀는 더 길어지고, 호랑이는 더 사나워졌지.
그리고 두꺼비는 짊어지고 왔던 떡이 눌어붙어서
등이 우툴두툴해져 버린 거래.

굴러가는 떡 먹기 작품해설

〈굴러가는 떡 먹기〉는 동물들이 지금의 모습을 갖게 된 유래를 재미있는 이야기로 들려주는 '동물 유래담'입니다. 여러 가지 판본에 따라 나이 자랑에 등장하는 동물들은 달라지지만 가장 지혜로운 것은 두꺼비로 나오는 것이 대부분입니다.

배가 불룩 튀어나오고, 등이 우툴두툴한 두꺼비의 모습을 보고 '왜 저럴까?'라는 호기심을 갖게 된 사람들은 재미있는 상상을 하게 되었지요.

하루는 두꺼비와 토끼, 호랑이가 모여 떡을 만들었습니다. 그런데 막상 떡을 다 만들고 보니 호랑이는 혼자 떡을 먹고 싶었어요. 그래서 나이가 제일 많은 쪽이 떡을 모두 먹자고 말합니다.

하지만 두꺼비의 꾀로 결국 떡은 두꺼비의 차지가 되어 버렸지요. 화가 난 호랑이는 한 번만 더 내기를 하자고 조릅니다. 누가 가장 먼저 강을 건너갔다 돌아오나 시합을 하자는 것이었지요. 두꺼비는 이번에도 기가 막힌 재치를 발휘합니다. 작은 몸을 이용해 호랑이 꼬리에 찰싹 달라붙어 강을 건넌 것입니다.

두꺼비는 강둑에 다다르자 폴짝 뛰어내려 먼저 와 있었던 것처럼 천연덕스럽게 행동하지요.

작은 두꺼비에게 진 것이 분했던 호랑이는 마지막 내기로 산꼭대기에서 떡을 굴린 다음, 먼저 가서 붙잡는 쪽이 먹자고 합니다.

그러나 이번에도 내기에서 이긴 건 두꺼비였습니다. 호랑이와 토끼는 급히 아래로 내달리느라 떡이 굴러가다 멈춘 것도 몰랐거든요. 떡을 발견한 두꺼비는 배가 불룩 튀어나오도록 실컷 떡을 먹습니다. 두꺼비의 등이 우툴두툴해진 건 등에 짊어지고 왔던 떡이 눌어붙어서라고 합니다.

만약 호랑이나 토끼가 처음부터 사이좋게 떡을 나누어 먹으려고 했다면 어땠을까요? 비록 적은 양이라 할지라도 셋이 골고루 떡을 먹을 수 있었을 것입니다. 무슨 일이든 지나치게 욕심을 부리면 자기에게 돌아올 몫마저 빼앗길 수 있는 법입니다.

꼭 알아야 할 작품 속 우리 문화

 떡

우리 민족은 옛날부터 떡을 해 먹었어요. 명절, 생일, 회갑, 돌잔치 등 집안 행사에는 꼭 떡을 했어요. 떡은 밥을 짓고 죽을 쑤다가 자연히 만들게 된 것으로 추측해요. 떡은 종류도 다양해 인절미, 가래떡, 시루떡, 찹쌀떡 등 여러 가지가 있어요.

 떡메

떡판의 떡을 칠 때 사용하는 기구로 보통 나무로 만들어요. 지름이 15~20센티미터 정도 되는 둥글고 긴 나무토막에 나무로 된 자루를 박아 만들었어요. 떡메는 무겁고, 찰진 떡에 잘 붙어 몇 번 휘두르지 않아도 힘들어요. 그래서 주로 힘센 남자들이 많이 쳤지요.

 시루

떡이나 쌀을 찔 때 쓰는 우리나라 고유의 그릇이에요. 시루는 아주 오래전 청동기 시대부터 사용했다고 해요. 시루는 바닥에 구멍이 여러 개 뚫려 있어 물이 끓는 솥에 올려 놓고 불을 때면 뜨거운 수증기가 구멍 속으로 들어가 시루 안의 재료가 익게 되어 있어요.

조상의 지혜를 배우는 속담 여행

〈굴러가는 떡 먹기〉에서 호랑이는 두꺼비, 토끼와 함께 만든 떡을 혼자 먹으려 했어요. 여럿이 함께 노력하여 이룬 성과를 자기 혼자 독차지하려고 했던 거예요. 여기에서 배울 수 있는 속담을 알아보아요.

같이 우물 파고 혼자 먹는다

여럿이 함께 노력하여 이룬 일의 성과를 혼자서 차지하는 것을 비유적으로 이르는 말이에요.

전래 동화로 미리 배우는 **교고ㅏ서**

🔲 호랑이는 토끼와 두꺼비에게 왜 내기를 하자고 했나요?

❄ 두꺼비는 토끼와 호랑이보다 작고 약한데도 번번이 내기에서 이겨요. 경쟁에서 이기려면 어떤 점을 갖추어야 할까요?

🍁 아래 그림을 보면 두꺼비가 울고 있어요. 두꺼비가 호랑이와 토끼에게 무슨 말을 하고 있을지 생각해서 써 보세요.

💙 1~2학년군 국어 ①-나 6. 문장을 바르게 188~189쪽